Wilhelm Busch

Abenteuer eines Junggesellen

Wilhelm Busch

Abenteuer eines Junggesellen

ISBN/EAN: 9783743317741

Hergestellt in Europa, USA, Kanada, Australien, Japan

Cover: Foto ©Andreas Hilbeck / pixelio.de

Manufactured and distributed by brebook publishing software
(www.brebook.com)

Wilhelm Busch

Abenteuer eines Junggesellen

Zu diesem Werkchen „Abenteuer eines Junggesellen" erschienen als Fort=
setzung und Schluß:

Herr und Frau Knopp
(2 Mark)

Julchen
(2 Mark).

Die drei Bändchen zusammen enthalten Knopp's Erlebnisse als Jung=
geselle, Gatte und Vater bis zu seinem Tod.

Abenteuer

eines

Junggesellen

von

Wilhelm Busch.

Neunte Auflage.

München.

Verlag von Fr. Bassermann.

1883.

Sokrates, der alte Greis,
Sagte oft in tiefen Sorgen:
„Ach, wie viel ist doch verborgen,
Was man immer noch nicht weiß."

Und so ist es. — Doch indessen
Darf man eines nicht vergessen:
Eines weiß man doch hienieden,
Nämlich, wenn man unzufrieden. —

Dies ist auch Tobias Knopp,

Und er ärgert sich darob.

Seine zwei Kanarienvögel

Die sind immer froh und kregel,
Während ihn so Manches quält
Weil es ihm bis dato fehlt.

Ja die Zeit entfliehet schnell;
Knopp, du bist noch Junggesell! —

Zwar für Stiefel, Bett, Kaffee
Sorgt die gute Dorothee;
Und auch, wenn er dann und wann
Etwas nicht alleine kann,

Ist sie gleich darauf bedacht,
Daß sie es zurechte macht.
Doch ihm fehlt Zufriedenheit. —

Nur mit großer Traurigkeit
  Bleibt er vor dem Spiegel stehn,

Um sein Bildniß zu besehn.
Vornerum ist alles blank;
Aber hinten gottseidank,
Denkt er sich mit frohem Hoffen,
Wird noch Manches angetroffen.

O, wie war der Schreck so groß!

Hinten ist erst recht nichts los

Und auch hier tritt ohne Frage
Nur der pure Kopf zu Tage. —

Auch bemerkt er außerdem,
Was ihm gar nicht recht bequem,

Daß er um des Leibes Mitten
Längst die Wölbung überschritten,
Welche für den Speiseschlauch,
Bei natürlichem Gebrauch,
Wie zum Trinken, so zum Essen,
Festgesetzt und abgemessen. —
Doch es bietet die Natur
Hierfür eine sanfte Kur.
Draußen, wo die Blumen sprießen,
Karrelsbader Salz genießen
Und melodisch sich bewegen,
Ist ein rechter Himmelssegen;
Und es steigert noch die Lust,
Wenn man immer sagt: du mußt.

Knopp, der sich dazu entschlossen,

Wandelt treu und unverdrossen.

Manchmal bleibt er sinnend stehn;

Manchmal kann ihn keiner fehn.

Aber bald fo geht er wieder
Treu befliffen auf und nieder. —

Diefes treibt er vierzehn Tage;
Darnach fteigt er auf die Waage;

Und da wird es freudig kund:
Heißa, minus zwangig Pfund!

Wieder schwinden vierzehn Tage,
Wieder sitzt er auf der Waage,
Autsch, nun ist ja offenbar

Alles wieder, wie es war.

Ach, so denkt er, diese Welt
Hat doch viel, was nicht gefällt.

Rosen, Tanten, Basen, Nelken
Sind genöthigt zu verwelken;

Ach, und endlich auch durch mich
Macht man einen dicken Strich.
Auch von mir wird man es lesen:
Knopp war da und ist gewesen.
Ach, und keine Thräne fließt
Aus dem Auge, was es ließt:
Keiner wird, wenn ich begraben,
Unbequemlichkeiten haben;
Keine Seele wird genirt,
Weil man keinen Kummer spürt.
Dahingegen spricht man dann:
Was geht dieser Knopp uns an?

Dies mag aber Knopp nicht leiden.
Beim Gedanken, so zu scheiden
In ein unverziertes Grab,
Drückt er eine Thräne ab.
Sie liegt da, wo er gesessen,

Seinem Schmerze angemessen.

Dieſes iſt ja fürchterlich.
Alſo, Knopp, vermähle dich.
Mach dich auf und ſieh dich um,
Reiſe mal 'n Biſſel rum.
Sieh mal dies und ſieh mal das,
Und paß auf du findeſt was.

Einfach iſt für ſeine Zwecke
Das benöthigte Gepäcke;

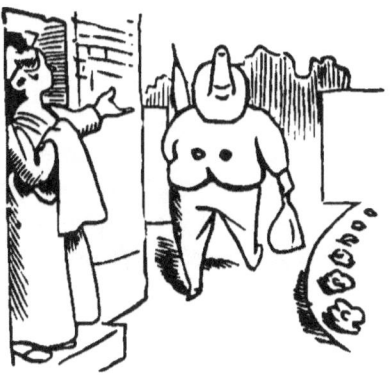

Und die brave Dorothee
Ruft: Herr Knopp, nanu adjeh!

Allererst und alsofort
Eilet Knopp an jenen Ort,
Wo sie wohnt die Wohlbekannte,
Welche sich Adele nannte;
Jene reizende Adele,
Die er einst mit ganzer Seele
Tiefgeliebt und hochgeehrt,
Die ihn aber nicht erhört,
So daß er, seit dies geschah,

Nur ihr süßes Bildniß sah.
Transpirirend und beklommen
Ist er vor die Thür gekommen,
Oh, sein Herze klopft so sehr,
Doch am Ende klopft auch er

„Himmel, — ruft sie, — welches Glück!!"

(Knopp sein Schweiß der tritt zurück.)

„Komm, geliebter Herzensschatz,
nimm auf der Berschäre platz!

Nur an dich bei Tag und Nacht,
Süßer Freund, hab ich gedacht.

Unaussprechlich inniglich,
Freund und Engel, lieb ich dich!"
Knopp, aus Mangel an Gefühl,
Fühlt sich wieder äußerst schwül;
Doch in dieser Angstsekunde
Nahen sich drei fremde Hunde.

„Hülfe, Hülfe!" — ruft Adele —
„Hilf, Geliebter meiner Seele!!!"

Knopp hat keinen Sinn dafür.
Er entfernt sich durch die Thür. —
Schnell verläßt er diesen Ort
Und begibt sich weiter fort.

Knopp verfügt sich weiter fort
Bis an einen andern Ort.
Da wohnt Einer, den er kannte,
Der sich Förster Knarrtje nannte. —

Unterwegs bemerkt er bald
Eine schwärzliche Gestalt,

Und nun biegt dieselbe schräg
Ab auf einen Seitenweg.

Sieh, da kommt ja Knarrtje her!

„Alter Knopp, das freut mich sehr!"

Traulich wandeln diese zwei
Nach der nahen Försterei.

„So, da sind wir, tritt hinein;
Meine Frau, die wird sich freun!"

„He, zum Teufel, was ist das?
Alleh, Waldmann, alleh faß!

Oh, tu tu verruchtes Weib,
Jetzt kommt Knarrtje dir zu Leib!"

Knopp's Vermittlung will nicht glücken,
Wums! da liegt er auf dem Rücken.

Schnell verläßt er diesen Ort
Und begibt sich weiter fort.

Knopp begibt sich weiter fort

Bis an einen andern Ort.
Da wohnt Einer, den er kannte,
Der sich Rektor Debisch nannte.

Er ertheilet seinem Sohn
Eben eine Lection,

Die er aber unterbricht,

Als er Knopp zu sehen kriegt.
Zu dem Sohne spricht er dann:

„Kuno, sag ich, sieh mich an!
Höre zu und merke auf!
Richte izo deinen Lauf
Dahin, wo ich dir befehle,
Nämlich in die Kellerhöhle.
Dorten lieget auf dem Stroh
Eine Flasche voll Bordeaux.

Diese Flasche, sag ich Dir,
Zieh herfür und bringe mir."

Kuno eilet froh und prompt,
Daß er in den Keller kommt,
Wo er still und wohlgemuth
Etwas von dem Traubenblut

In sich selbst herüberleitet,
Was ihm viel Genuß bereitet.

Die dadurch entstandne Leere

Füllt er an der Regenröhre. —

Rothwein ist für alte Knaben

Eine von den besten Gaben:

Gern erhebet man das Glas.

Aber Knopp der findet Was.

„Ei — spricht Debisch — dieses ist,
So zu sagen Taubenmist.

Ei, wie käme dieses dann?

Kuno, sag ich, sieh mich an!!"

Drauf nach diesem strengen Blick
Kommt er auf den Wein zurück.

Aber Knopp verſchmäht das Glas,

Denn ſchon wieder ſieht er Was.

„Dies — ſpricht Debiſch — ſcheint mir ein

Neugeborner Spatz zu ſein.

Ei, wie käme dieses dann?

Kuno, sag ich, sieh mich an!!
Deiner Thaten schwarzes Bild
Ist vor meinem Blick enthüllt;
Und nur dieses sage ich:

Pfui, mein Sohn, entferne dich!! —"

Das ist Debisch sein Princip:
Oberflächlich ist der Hieb.
Nur des Geistes Kraft allein
Schneidet in die Seele ein.

Knopp vermeidet diesen Ort

Und begibt sich weiter fort.

—

Knopp begibt sich weiter fort
   Bis an einen andern Ort.
   Da wohnt Einer, den er kannte,
   Der sich Meister Druff benannte.
Druff hat aber diese Regel:
   Prügel machen frisch und kregel
   Und erweisen sich probat
   Ganz besonders vor der That.
Auch zum heutgen Schützenfeste
   Scheint ihm dies für Franz das Beste.
   Drum hört Knopp von weitem schon

Den bekannten Klageton.

Darnach wandelt man hinaus
Schön geschmückt zum Schützenhaus. —

Gleich verschafft sich hier der Franz

Eines Schweines Aringelschwanz,
Denn er hat es längst beachtet,
Daß der Wirth ein Schwein geschlachtet;

Und an Knoppens Fracke hing

Gleich darauf ein krummes Ding. —

Horch, da tönet Horngebläse
Und man schreitet zur Française.

Keiner hat so hübsch und leicht
Sich wie unser Knopp verbeugt;

Keiner weiß sich so zu wiegen
Und den Tönen anzuschmiegen;

Doch die höchste Eleganz
Zeiget er beim Solotanz.
Hoch erfreut ist Jedermann,
Daß Herr Knopp so tanzen kann.

Leider ist es schon vorbei.

Und er schreitet stolz und frei
Wiederum zu seinem Tische,

Daß er etwas sich erfrische.

Rums! — Der Franz entfernt die Bank,
So daß Knopp nach hinten sank! —
Zwar er hat sich aufgerafft,
Aber doch nur mangelhaft.
Und er fühlt mit Angst und Beben:

Knopp hier hat es Luft gegeben! —

Schnell verläßt er diesen Ort
Und begibt sich weiter fort.

Knopp begibt ſich weiter fort
Bis an einen ſtillen Ort.

Hier auf dieſer Blumenwieſe,
Denn geeignet ſcheinet dieſe,

Kann er sich gemütlich setzen,
Um die Scharte auszuwetzen

Und nach all den Angstgefühlen
Sich ein wenig abzukühlen.

Hier ist alles Fried und Ruh.
Nur ein Häslein schauet zu.

Sieh, da kommt der Bauer Jochen.
Knopp hat sich nur leicht verkrochen,

Doch mit Jochen seiner Frau
Nimmt er es schon mehr genau.

Kurz war dieſer Aufenthalt.
  Und mit Eifer alſobald
  Richtet Knopp ſein Augenmerk

Auf das angefangne Werk. —
Kaum hat er den Zweck erreicht,
  Wird er heftig aufgeſcheucht,
  Und es zeigt ſich, achherrjeh,

Jetzt ſind Damen in der Näh.
plums! -- Man kommt. — Indeß von Knopp

Sieht man nur den Ropf, gottlob! —

Wie erschrack die Gouvernante,
Als sie die Gefahr erkannte,

Aengstlich ruft sie: Oh mon dieu!
C'est un homme, fermez les yeux!

Knopp, auf möglichst schnelle Weise,
Schlüpfet in sein Beingehäuse.

Dann verläßt er diesen Ort
Und begibt sich weiter fort.

Knopp begibt sich weiter fort

Bis an einen andern Ort.

Da wohnt Einer, den er kannte,
Der sich Babbelmann benannte,
Der ihm immer so gefallen
Als der Lustigste von Allen.

Schau, da tritt er aus der Thür.

„Na, ruft Knopp, jetzt bleib ich hier!"
Worauf Babbelmann entgegnet:

„Werther Freund, sei mir gesegnet!"

„Erstens in Betreff Logis,
   Dieses giebt es nicht allhie,
   Denn ein Pater hochgelehrt
   Ist soeben eingekehrt.

Zweitens dann: für Essen, Trinken
   Seh ich keine Hoffnung blinken.
   Heute mal wird nur gebetet,
   Morgen wird das Fleisch getödtet,
   Uebermorgen beichtet man,
   Und dann geht das Pilgern an.

Ferner Drittens, theurer Freund —

pist! — denn meine Frau erscheint!"

Knopp, dem dieses ungelegen,
  Wünscht Vergnügen, Heil und Segen,
  Und empfiehlt sich alsobald

Aeußerst höflich aber kalt. —

Schnelle flieht er diesen Ort

Und begibt sich weiter fort.

———

Knopp verfügt sich weiter fort
  Bis an einen andern Ort.
  Da wohnt Einer, den er kannte,
  Der sich Küster plünne nannte.

Knopp der tritt durch's Gartengatter.

Siehe, da ist Hemdgeflatter,
  Woraus sich entnehmen läßt:
  plünnens haben Waschefest.

———

Dieſes findet Knopp bekräftigt

Dadurch, wie der Freund beſchäftigt.

Herzlich wird er aufgenommen.
Plünne rufet: Ei, willkommen!

„Gleich beforg ich Dir zu Effen,

Halte mal das Kind indeffen."

Knopp ift diefes etwas peinlich.
Plünne machet alles reinlich.

Knopp der fühlt sich recht genirt.
Plünne hat derweil servirt.

Jetzt eröffnet er das Bette
Der Familienlagerstätte.

In dem Bette, warm und schön,
Sieht man eine Schale stehn.

Nämlich dieses weiß ein Jeder:
Wärmehaltig ist die Feder.
Hat man nun das Mittagessen
Nicht zu knappe zugemessen,
Und, gesetzt den Fall, es wären
Von den Bohnen oder Möhren,
Oder, meinetwegen, Rüben
Ziemlich viel zurückgeblieben,
Dann so ist das Allerbeste,
Daß man diese guten Reste
Aufbewahrt in einem Hafen,

Wo die guten Eltern schlafen,
Weil man, wenn der Abend naht,
Dann sogleich was Warmes hat.
Diese praktische Methode
Ist auch plünnens ihre Mode.

„So — ruft plünne — Freund, nanu
Setz dich her und lange zu."

Knopp hat aber, wie man sieht,
Keinen rechten Appetit.

Schnell verläßt er diesen Ort
Und begibt sich weiter fort.

Knopp begibt ſich weiter fort
  Bis an einen andern Ort.
  Da wohnt Einer, den er kannte,
  Welcher Mücke ſich benannte.

Wie es ſcheint, ſo lebt Herr Mücke
Mit Frau Mücke ſehr im Glücke.

Eben hier, bemerken wir,
  Küßt er ſie und ſpricht zu ihr:

„Also Schatz, ade derweil!
Ich und Knopp wir haben Eil.
Im historischen Verein
Wünscht er eingeführt zu sein."

Bald so öffnet sich vor ihnen
Bei der Kirche der Kathrinen

Im Hotel zum blauen Aal
Ein gemütliches Lokal.

Mücke scheinet da nicht fremd,
Er bestellt, was wohlbekömmt.

Junge Hähnchen, sanft gebraten,
Dazu kann man dringend rathen,

Und man darf getroſt inzwiſchen
Etwas Rheinwein drunter miſchen.

Nöthig iſt auf alle Fälle,
Daß man dann Muſſö beſtelle.

Nun erfreut man sich selbdritt,
Denn Rathinka trinket mit!

„So, jetzt wären wir so weit,
Knopp, du machst wohl Richtigkeit."

Luſtig iſt man fortſpaziert
Zum Hotel wo Knopp logirt.

Heftig bollert man am Thor,
Der Portier kommt nicht hervor.

„Komm — ruft Mücke — Knopp komm hier,
Du logirst die Nacht bei mir!"

Schwierig, aus verschiednen Gründen,
Ist das Schlüsselloch zu finden.

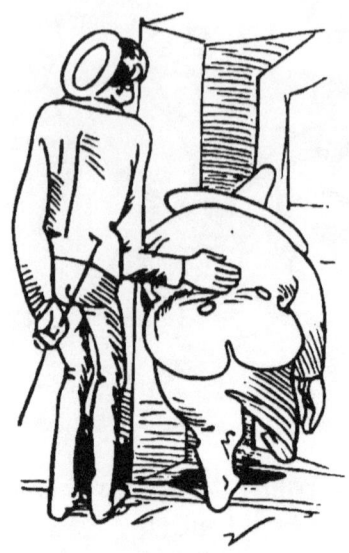

So so so! Jetzt nur gemach,
Tritt hinein, ich komme nach.

Knopp schiebt los. Indessen Mücke
Bleibt mit Listigkeit zurücke.

Schrupp! — Wie Knopp hineingekommen,
Wird er an die Wand geklommen.
„Wart! — ruft Mückens Ehgemahl —
Warte, Lump, schon wieder mal!?"

Weil sie ihn für Mücken hält,
Hat sie ihm so nachgestellt.

Hei! Wie fühlt sich Knopp erfrischt,
Als der Besen saust und zischt.

Bums! er fällt in einen Kübel,
Angefüllt mit dem was übel.

Oh, was macht der Befenstiel
Für ein schmerzliches Gefühl!

Und als regellose Masse
Findet Knopp sich auf der Gasse.

Schnell verläßt er diesen Ort
Und begibt sich weiter fort.

Knopp verfügt sich weiter fort
Bis an einen andern Ort.
Da wohnt Einer, den er kannte,
Der sich Sauerbrod benannte.

Sauerbrod, der fröhlich lacht,
Hat sich einen punsch gemacht.

„Heißa!! — rufet Sauerbrod —
Heißa! meine Frau ist todt!!

Hier in diesem Seitenzimmer
Ruhet sie bei Kerzenschimmer.

Heute stört sie uns nicht mehr,
Also, Alter, setz dich her,

Nimm das Glas und stoße an,
Werde niemals Ehemann,
Denn als solcher, kann man sagen,
Muß man viel Verdruß ertragen.

Kauf Romane und Broschüren,

Zahle Flechten und Turnüren,
Seidenkleider, Sammtjackets,
Circus- und Concertbillets —
Ewig hast du Möckerei.
Gottseidank, es ist vorbei!"

Es schwellen die Herzen,
Es blinkt der Stern.
Gehabte Schmerzen,
Die hab ich gern.

Knarr! — da öffnet sich die Thür.

Wehe! Wer tritt da herfür!?
Madam Sauerbrod, die schein=
Todt gewesen, tritt herein.

70

Starr vor Schreck wird Sauerbrod,

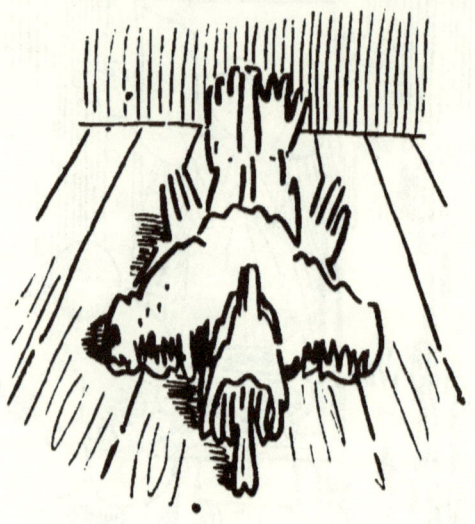

Und nun ist er selber todt. —

Knopp vermeidet diesen Ort
Und begibt sich eilig fort.

O weh!

———

Knopp verfügt sich weiter fort
Bis an einen andern Ort.
Da wohnt Einer den er kannte,
Welcher Piepo sich benannte. —

Aus dem Garten tönt Gelächter,
Piepo ist's und seine Töchter.

„Dies, mein lieber Knopp, ist Hilda.
Dort die Aeltre heißt Alotilda.
Hilda hat schon einen Freier,
Morgen ist Verlobungsfeier,
Doch Alotilda, ei ei ei,
Die ist noch bis dato frei." —

Oh, wie ist der Abend milde!
Knopp der wandelt mit Klotilde,

Die ihm eine Rose pflückt. —
Und er fühlt es tief beglückt:
Knopp, in diesem Augenblick,
Da erfüllt sich dein Geschick. —

Drauf hat piepo ihn geleitet,
Wo sein Lager zubereitet.

„Hier — so spricht er — dieser Saal
Ist für morgen Festlokal.

Hier zu Rechten ist die Klause,
Stillberühmt im ganzen Hause;

Und hier links da schlummerst du.

Wünsche recht vergnügte Ruh!"

Knopp ist durch und durch Gedanke
An Klotilde, jene Schlanke,
Und er drückt in süßem Schmerz
Ihre Rose an sein Herz.

„Oh Klotilde, du allein
Sollst und mußt die Meine sein." —
Darauf ist ihm so gewesen:
Knopp du mußt noch etwas lesen. —
Gern erfüllt er sein Verlangen;
Still ist er hinausgegangen

Und bei seiner Kerze Strahl
Hingewandelt durch den Saal. —

Oftmals kann man müde sein,
Setzt sich hin und schlummert ein. —

Erst des Morgens so um achte,
Als die Sonne freundlich lachte,
Dachte Knopp an sein Erwachen. —
Er erwacht durch frohes Lachen. —
Dieses thut die Mädchenschaar,
Welche schon beschäftigt war,
Um an dieses Festes Morgen

Für des Saales Schmuck zu sorgen." —

„Ewig kannst du hier nicht sein." —
Denket Knopp voll Seelenpein.

Und so strömt er wohlverdeckt
Da hervor, wo er gesteckt.

Groß ist seines Laufes Schnelle;
Aber ach, die Kammerschwelle
Ist ihm äußerst hinderlich.

Hopsa! — Er entblättert sich. —

Heimlich flieht er diefen Ort
Und begibt fich weiter fort.

Knopp begibt sich eilig fort

Bis zum höchsten Bergesort.

79

Hier in ober Felsenritzen
Sieht er einen Klausner sitzen.

Dieser Klausner alt und greis
Tritt aus seinem Steingehäus.

Und aus Knoppen seiner Tasche
Hebt er ernst die Wanderflasche.

„Ich — ſo ſpricht er — heiße Kröfel
Und die Welt iſt mir zum Ekel.
Alles iſt mir einerlei.

Mit Verlaub! Ich bin ſo frei.

Hier in oder Felfenritzen
Sieht er einen Klausner fitzen.

Diefer Klausner alt und greis
Tritt aus feinem Steingehäus.

Und aus Knoppen feiner Tafche
Hebt er ernst die Wanderflafche.

„Ich — so spricht er — heiße Kröfel
Und die Welt ist mir zum Ekel.
Alles ist mir einerlei.

Mit Verlaub! Ich bin so frei.

Oh, ihr Bürsten, oh, ihr Kämme,

Taschentücher, Badeschwämme,
Seife und Pomadenbüchse,
Strümpfe, Stiefel, Stiefelwichse,
Hemd und Hose, alles gleich,
Krökel der verachtet euch.

Mir ist alles einerlei.

Mit Verlaub, ich bin so frei.

Oh, ihr Mädchen, oh ihr Weiber,
Arme, Beine, Köpfe, Leiber,
Augen mit den Feuerblicken,
Finger, welche zärtlich zwicken,
Und was sonst für dummes Zeug —

Krökel der verachtet euch.

Mir ist alles einerlei.

Mit Verlaub, ich bin so frei.

Nur die eine, himmlisch Reine,
Mit dem goldnen Heilgenscheine
Ehre, liebe, bet ich an;
Dich, die Keiner kriegen kann,
Dich du süße, ei ja ja,

Heilge Emmerenzia.

Sonst ist alles einerlei.

Mit Verlaub, ich bin so frei."

Hiermit senkt der Eremit
Sich nach hinten. — Knopp entflieht. —
Knopp der denkt sich: dieser Artikel
Ist ja doch ein rechter Ekel;
Und die Liebe per Distanz,
Kurz gesagt, mißfällt mir ganz.

Schnell verlassend diesen Ort,
Eilet er nach Hause fort.

Knopp der eilt nach Hause fort,

Und, sieh da, schon ist er dort.

Grade lüftet seine nette,
Gute Dorothee das Bette.

„Mädchen — spricht er — sag mir ob. —"
Und sie lächelt: „„Ja Herr Knopp!""

Bald so wird es laut verkündet:
Knopp hat ehlich sich verbündet,

Tobias Knopp.

Dorothea Lickefett.

Erst nur flüchtig und civil,
Dann mit Andacht und Gefühl. —

Na, nun hat er seine Ruh.

Ratsch! — Man zieht den Vorhang zu.